Breaking

請看我跳的街舞！——言錯詩集序

孟樊

你不得不承認——這是一本獨一無二的詩集！

「比睿王？那是何方神聖？我怎麼沒聽說過。」拿到這本詩集時，我的確興起這樣一個和大多數人一樣的問號。接著翻開詩集，一開始讀到第二首〈搖滾步四個八〉就讓我給卡住了，然後又出現有Up Rock、Freeze、積架（Jaguar）、Air Chair、W、Power Move……這些到底是啥鬼東西啊？

這些其實都是屬於霹靂舞的舞步或動作類型，而這樣的霹靂舞姿，記憶所及，我只在想不起來的某些廣場或廟埕前看過，甚至那些表演場面還是從螢光幕上出現的。霹靂舞，英文叫breaking，中文又叫地板舞，屬於街舞（Street Dance）的一種類型或風格（其他的還有嘻哈舞、機械舞等），言錯把它特意譯成「比」b——「睿」rea——「王」king，有賦予它（此種街舞）「王者之姿」之意，此所以在與本詩集同名的詩作〈比睿王〉中，詩人會以臣民之姿向他的「王」提問：貴為王者的比睿王究竟是何方神聖？足見比睿王在詩人心目中的地位。或也因此本詩集始取名為「比睿王」。

如此看來，言錯的《比睿王》不言而喻是如假包換的一本街舞詩集了——更確切地說是一冊霹靂舞詩集；而這本詩集也得從這樣的一種舞蹈「入眼」才能讀懂。街舞據說是起源於一九八〇年代的美國紐約黑人區（也被稱為自由舞蹈），最早是為配合黑人青年嘻哈及說唱音樂而發展出來的舞蹈動作，可說是嘻哈文化的組成部分。由於其表演場地主要在馬路邊或廣場上，因而得到了「街舞」的名稱，霹靂舞則是當中最早形成的一種街舞。它之所以又被稱為地板舞，係因此種舞蹈常有以單手「撐地」、頭部「頂地」等高難度近乎體操般的動作，譬如本書中〈折腰〉、〈Air Chair〉等詩（參看照片）顯示的舞姿，即有以單手撐地的動作；而〈風車〉（參看照片）一詩則表示以頭頂地「重新建立圓的概念」，並且「提腰騰弧線的空間／讓身體成直徑線環遊」。

言錯在高中時期熱衷於熱舞社團，學習街舞並曾擔綱編導及演出，進入大學之後仍不減興趣，屢次參與校內外各項舞展演出與比賽，由他編排的舞蹈表演更於學校的才藝大賽獲得冠軍的殊榮，此一階段，街舞幾乎等同於他的生命，甚至在舞蹈與愛情左右為難之際，他寧可選擇前者，讓女友黯然離他而去。這本《比睿王》可謂為他個人青春前期的總結式告白，風格獨特，將breaking與詩創作合而為一，完成詩壇首部的「街舞詩集」，一方面載有他個人的青春印記，一方面也藉此詩集向「比睿王」致敬，彷彿要向它們告別。

《比睿王》全書分為三輯，第一輯「Move」共收二十首詩，比例最高，足見言錯最刻意經營此輯詩作。這二十首詩皆係與breaking的舞蹈動作有關，所有的詩作不啻是各種舞姿的敘寫，譬如最先難倒我的〈搖滾步四個八〉，詩裡的介、文、交、卍……這些「字」，其實是搖滾步的各種舞蹈姿態，所謂四個八是指動作的四個八拍，每行由左至右連接的形象化的字（動作）便是舞姿顯示的順序，參看照片即可一目瞭然。又如〈Up Rock〉，這是一種（雙方）鬥舞，所以言錯說：「它就與溫柔無關／是由戰鬥的武／衍生出凶蠻的舞」，雖然如此，這種尬舞卻非動刀掄劍，是相互「不能碰觸的競技」，對戰的一方則要挺起胸膛、揮舞武器（手比姿勢像「展示你的陽具」朝對方嗆聲）。再如〈排腿〉一詩，提及「從低角度向站立者反叛」，寫出排腿姿態，也進一步載明其寓意：「手腳並用向敵對者諷刺」，甚至在末段直接表示「排腿」這種動作：

也許是最具詩意的舞蹈
由腳譜寫的詩句
時而優雅流暢
時而暴烈激昂
有著八拍的格律
也支持破格的叛逆
閱讀的方式是
軀體的放肆朗誦

其中最有趣的是〈倒立〉、〈W〉和〈後空翻〉三詩。〈倒立〉除了最後一行單字「火」（居中排）外，整首詩文字全部上下顛倒排打，這就像比睿王倒立的姿勢，而最底下的「火」字則像倒立者的頭頂住全身，充滿血流的頭頂顯示的是熱血如「火」，最後的「火」字便成了此詩的詩眼。〈W〉指的是Weak，比睿王屈膝的動作如W的形態（但詩人說這並非示弱），詩行也因此跟著排成W的形狀。〈後空翻〉一詩更絕，詩行的寫作與閱讀就像是後空翻的動作，先由上到下，再由下到上，依此不斷進行，彷彿連續的後空翻，翻到最終，即使沒有翅膀也要像飛翔一樣繼續堅持——這就是比睿王的精神。

從這裡也可以看出，言錯的詩極為講究形式（form）的表現，應證了民初新月派「繪畫美」、「音樂美」、「建築美」的主張。它的繪畫美，可從其詩對於Breaking各種動作的描摹看出，不僅勾勒了具體而微的姿勢——搭配「有圖為證」，令人一目瞭然，而且還傳遞出Breaking的力與美。它的音樂美則從他（多半的詩作）自然的押韻流洩出來——或許這和Breaking的舞蹈節拍有關，擅長跳街舞的他，在將Breaking文字化與形象化的同時，自然也講究音樂的律動。而這音樂美的表現其實和建築美又是息息相關，它的建築美係展現在定行詩節（如〈Freeze〉4-4-4-4行、〈Battle〉14-14-14-14行、〈Showcase〉6-6-6-6行……）的形式特徵上，所謂的定行詩節指的是每一段落（詩節）均有固定的行數，或四行或六行或八行或九行……如此的展現，一來可以形成較為整齊的段落，二來也可呈現較為固定的節奏形式，以顯示街舞極強的音樂感。而其它刻意不分段的詩作，亦有音樂性的考量，如〈Up Rock〉這種鬥舞便得一氣呵成，若被分成若干詩節，彼此互鬥的氣勢便餒掉了。

第二輯「Culture」收有十首詩作，它所要述說的不像第一輯那樣專注於比睿王的各種動作或舞姿類型，這些詩作想跟讀者談的是有關比睿王的種種演出方式，乃至於詩人從中所得到的領會，而這已經上升到詩人所謂的「文化」問題了。〈Battle〉是尬舞對決；〈Cybher〉玩的是Party舞；〈Showcase〉旨在表演；〈Solo〉是獨舞表演；〈Crew〉係舞團演出；而〈Routine〉則重在合體舞技。其中〈Underground二則〉第一首上下兩段「埋進去」VS.「探出來」的動作以喻藝術VS.商業的選擇，詩人的立場不言而喻；第二首則採取「截句」形式，即將第一首詩作中的若干字句截出，以衍生出另一首四行詩作，合成這首組詩。而輯末的最後一首〈這首詩將會過期〉，詩人表面上好像在埋怨過期的詩作不再有人搭理，實際上是在抒寫自己跳街舞的心境。比睿王好像一直被人視為不務正業，因為這種「表演只是偶爾的事」，而詩人的無奈可想而知。但自視為街舞的革命家的詩人自己，卻不言後悔——無論他是成功或失敗；他也不想讓預言家預言他的成功或失敗，即便比睿王未必會在現在（或未來）留下姓名。即便像這首詩將會過期⋯⋯

第三輯「Tale」同樣收有十首詩，主要寫的是人物（包括自己）的「故事」，而言錯看待自己以及他與他們的關係，視角仍是從比睿王出發。輯前的引介說明：「接下來的文字／也許已經不像詩／但卻是不可迴避的／真實故事」，表明他想說的是他和這些人物的故事——譬如〈小巨人〉寫的是他的街舞師父C；〈H〉寫的是後來成為職業舞者的H；〈J的火車票〉寫的是街舞敗北者的J；〈言錯與Y的三幕劇〉寫的是他與街舞弟兄Y的對話；〈親愛的L〉寫給他的前女友；〈疤〉寫的對象是他自己的母親；而〈逃兵〉和〈別名A〉則是寫給自己（A是Ayuan，即阿遠，也就是他自己——言錯的本名譚謀遠），然而，他所述說的「故事」其實並不多，之所以稱此輯為Tale，想必係因其將語言特意放鬆，多用敘事性口吻，除了追溯比睿王的往事，敘事當中也不無為比睿王辯證的味道（例如〈H〉中他和H的對話），尤其是〈比睿王〉一詩，為Breaking定調與定位的企圖昭然若揭：「人們試圖定義我／認為我的王座／存在於藝術　存在於運動／或某群暴力團伙／甚至建立起我的國度／使我變成文化的象徵／但我僅是獨立的存在／一如自由／這一本該不必爭取的基本權利」，卻也因為語言不夠緊密，像這樣的說明性文字太多，才有他在輯前心虛的表示：這些詩「也許已經不像詩」。

雖然言錯自大學畢業後就高掛起「舞鞋」，金盆洗手，從此離開街舞「地盤」，棄舞從文轉而讀起書來，甚至發宏願要創作一本街舞詩集——他也終於做到了；可他並沒有真正跟比睿王揮手說再見，這「再見」兩字他如何說得出口？在本書最末一首八十四行總結全書的長詩〈我仍是個BBOY〉（跳Breaking的男孩稱為BBOY）中，一如詩題以及首行與末行的宣告：「我仍是個BBOY」！言錯對於比睿王的鍾情溢於言表；也正是他的深情不悔，今天才能交出這樣一冊與眾不同別具特色的詩集。

一段真實的序——劣徒言錯

查克

「跳舞的生涯中，教過很多學生，雖然不是每個人持續著跳舞，但讓人欣慰的，是他們並沒有遺忘年輕所學，用另一種型態，走到我沒看過的高度。」

言錯，就是某中一個（笑）。在我的印象中，年輕的他，是一個鬼靈精怪的傢伙。一開始學習街舞的他，利用腦袋比別人更能融會貫通的思維，把我教學的論點用更快的方式詮釋。在和他同一時期的學徒之中，的確，他的行為和跳舞，很吸引我的眼球，那個時侯，我也認為：「他未來可以在街舞界發光發熱。」但有時侯人生就是這麼的奇怪，突然他的進步停下來了；突然他的後輩追上來了，一切都好像電視中播放的情節一樣，一個人的失落、墮落、脱序、甚至一度想輕生，一系列劇情全部陸續上映，那時候對於街舞，就是要熱血練習，全部奉獻的我，根本不能接受這種學生，所以陸續解決他的問題後，我則繼續走我的街舞路，專心顧我認為要顧的學徒，未來的明日之星。他，雖然我還是會保持聯絡，但他應該知道，其實我已經看他，沒有像當初，發現一塊璞玉的眼神了。往後的十年，猶如兩條平行線一樣，雖保持連絡，但沒有交會。

但令人驚訝的是，十年，原來並不是只有我一個人在挑戰、在成長，中間曾經聽他說，他要出書，我聽到時真的覺得是笑話

怎麼可能？但有夢最美，還是鼓勵他。嗯，沒想到他成功了？居然可以把詩集和街舞結合在一起？等到他給我一些作品時，整個真的是打開我的眼界，並發覺街舞，原來可以有這麼與眾不同的呈現方式。今年的再相會，他給我一本初稿，說要出書了，說要請我寫序，因為他說：「很多人在年輕時學舞，出了社會，還是會拿年輕學舞的心態來面對人生。因為他們知道，老大你還在跳舞，給大家很多的信心。」嗯，其實不是我給大家信心，反而是你們，給了我信心，謝謝你們還記得我的教導。

至於言錯，嗯，我小看你了。你走到我沒看過的高度和畫面了。

目次

請不要坐著閱讀

我怕你會完全不懂我在說甚麼

搖滾步

那是一種走路的方式
受固定的節奏限速
你的腳步
依舊難以置信的豐富
生命因選擇而特殊

那是一種拍攝的方式
由不同的姿勢組合
你的動態
是一幀幀精準的定格
凝滯在某個重拍

那是一種說話的方式
以舞動的軀體象形
你的字句
躁動又無聲
傾訴真誠的靈魂

那是一種生活的方式
如藝術家的存在
你的追求
是被美所眩惑
為了無價的自由

搖滾步四個八

介　文　介　文
介介文　介介文
才才交　才才交
才才交　卍卍卍
卍　　　介　文
才方大　才方大
大由爪　大由爪
大由爪　文十介兀

八個四步流摠

錯言

文介文介

文介介文介介

支方方支方方

卍卍卍支方方

文介卍

火方才火方才

爪由火爪由火

几介十文爪由火

維貽譚

Up Rock

從我認識這種風格以來
它就與溫柔無關
是由戰鬥的武
衍生出凶蠻的舞
刀槍棍棒禁止攜帶
卻不禁止想像
不能觸碰的競技
也能以默啞的劇
盡情演繹
它多用於地盤的爭奪
為勝利的所有權
挺起胸膛
揮舞你的武器
展示你的陽具
然而　你相信嗎
它本意是如此慈愛
是不對鬥爭偽善

以藝術將暴力取代
空氣的刀　入腹
你不會真的流血
下流的手勢比出
你也不會真的吸吮甚麼
So get off your high horse
它的本性如此
雖不溫柔
至少誠實

排腿

也許是最具詩意的舞蹈
音樂的節奏使它類同韻文
身體的動作使它充滿聯想
任意斷句　形式自由
或站或蹲或坐或躺
或前或後或左或右
在上與下之間
在靜與動之間

準確嵌入精巧的步法
卻為表現隨意
一不小心就陷進
Setting與Freestyle的悖論共存
歸因於文化本源的攻擊性
肢體語言總是充滿挑釁
從低角度向站立者反叛
手腳並用向敵對者諷刺

拉扯在美的各種向度
以生命的張力繪圖
從腳趾尖到手指腹
盡一身的愛跳舞
用各種奇詭的姿勢
對移動下歧義詮釋
行走的正確方式？
那不關詩人的事

也許是最具詩意的舞蹈
由腳譜寫的詩句
時而優雅流暢
時而暴烈激昂
有著八拍的格律
也支持破格的叛逆
閱讀的方式是
軀體的放肆朗誦

排腿練習

(1) 六步（應付茫然無措　以基礎）

(2) Babylove（用愛繞時間進12個刻度　遂永恆）

(3) CC（you gotta see my shoes）

(4) Zulu spin（shout out to Zulu Kings）

(5) Shuffle（匍匐不意謂示弱）

(6) 蠍腳（柔軟不代表屈服）

(7) Thread（如針如線）

(8) Slide（向前向後）

(9) 六步（回歸原路）

(10) 起身收尾（或者再度下潛）

Freeze

不要動
拉伸每一秒直至緊繃
任血液將皮膚染紅
此刻地球為你停止轉動

不要屈就
即使生命充滿壓迫
你依然存活
執著是雪地裡的篝火

不要恐懼
安全是過分的貪慾
怯懦的話語
和你的冒險齟齬

不要倒下
你終將會融化
在那之前軀體的浮誇
只為　霎那

B.H.P.C SPORT
1982
CALIFORNIA

給艾思

站在北極
三百六十度的轉向
始終面對妳在的南極
自冰原時代眷戀妳的奶水
至今仍吸吮手指勒戒
一直盼望著被妳的寂寞燒灼
卻只收穫
青一塊、紫一塊的沉默
那就這樣將我防腐
等待妳，或我
先融化
再數彼此的凍傷
刺破側腹
看眼淚淹過腳踝
終會汪洋大海
遂以妳我的直徑領航

向愛死的各種斷章取義

沈船

定技三則

肘

不是禮佛
也未到納粹的極端
只是簡單直角平衡
拒絕一度圓滑　屈就

頭

再下潛
溺於氧氣的青蛙
顛倒進化論圖騰
向自由（我的　叩首

肩

當天空撐不住疲憊
轉而向大地來倚靠
高舉腳跟宣言不是屍體
還會　傾聽

B.H.PC SPORT
1982

積架

來到主灰色調的叢林
倒也是親切熟悉
只是飲食習慣有些不同
我吃肉，你們吃靈魂
我連皮帶骨，你們細嚼慢嚥
被追的就是食物
一路尋找幾世紀前留下的爪印
卻只見幾個年輕人
釘自己成我的標本
金色的毛、斑駁的手臂
儼然是尊神像
領受著膜拜與模仿
牠們的抄襲
有著歷史性的正確
關於我的奔馳
那已是禁止事項沒錯

倒立

火

同樣一邊天又一邊地
當然也算是個男子漢
手指緊攥著泥土生根
腳踝緊扣著天空發芽
拒絕流往未來的沙漏
向著髮梢倒計時累積
迎來從生到死的逆風
低海拔下的稀薄空氣
壓低整個臉頰的沸點
提前煮熟一顆紅蘋果
一雙死要面子的臂膀
此刻絕不能向誰屈就
親密觸摸影子的寫實
二十指交扣正傾訴：
「我，一直都守候在
絕對的反對的正面對
癡癡凝望著你的腳底
兀自地駝背佝僂。」
相逢總是等待著鬆手
難忍鼻孔的俯視，或
面對某人下巴的鬍渣
只好放下固執的地球
回歸腳踏實地的一團

折腰

五斗米不足
購買身體的頑固
不願屈服
遂舉起整個行星
留下同名的挑釁
與不會夭折的熱情
這星球
也就一個人的體重
想飛向天空
卻讓引力牽住了手
它，捨不得我
於是拉扯
扯出商標般的雕刻

NATURALS

Air chair

Leave the seat
Sun raise the body
There is too much bondage
Too much laziness

Like a king is about to face death
Stuff some air in the back
With the tilted legs
Life is recovered, authority is awaked

Reality is a crow
Live in gloam, calling shadow
So lay on the needle
Struggle for transient throne

NEAR EQUAL TO EQUALNEAR.

彎刀

腳跟
向被拋諸腦後的前方延伸
不知今晚的月亮
是否與我一樣不滿
肩窩繃緊肺腔
呼吸此刻
只比累進的生活輕鬆一些
拒絕落腳的一座橋
跨過哪一條河
我是抬著頭飽滿的稻穗
彎刀出鞘
不一定要見血
要揮，也可向天
一刀

W

你
屈膝
柔軟地
彎折下肢
並不是示弱
更像挑釁
以模仿
敗者
的
軀體
去諷喻
他的結局
姿勢不重要
更變意義
讓下跪
不算
輸

Power Move

最張揚的舞風
頭、肩、手、肘
以身體的任意部位為軸
摩擦起火
引燃人們的眼球
此刻生存
就只為譁眾取寵

最放肆的舞風
向舞步反叛
讓地面與腳底板
不再相關
將舞台填滿
也許跳躍也許旋轉
任激情　任狂歡

最荒謬的舞風
不要向它追問意義
靈魂的話語
合理情況口齒不清
感受毋須邏輯
只要欣賞生命裡
美麗的黛娜米

風車

重新建立圓的概念
圓周是空中的足跡
軸心是擁抱大地的背脊
提腰騰弧線的空間
讓身體成直徑線環遊

畏懼泥濘者
失去親吻土壤的資格
所以打滾吧
直到吹起陣陣微風
直到滿身　瘀紅

學會轉動以後
就別再將動作拆解
每一刻靜止的扇葉
都因你敞開的雙腿
引人遐思

鞍馬

甩開蹄鐵
放下肢擺盪
身體的意象
放浪且張狂
像馴服暴躁的走獸
無處套索
只有向下壓迫
勉強穩住鞍座

雙手交替
享受一種曖昧關係
在漂浮間離心
卻不願徹底放棄
理性的引力
維持若即若離的頻率
轉動、搖曳
迴旋成獨立的星系

手轉2000

用手
舉起自轉的地球加速
猛鑽
留下青幼的牙痕
像浮誇的詩人
嘆號是一貫的標點
像倒吊的天鵝
叛逆是芭蕾的主題
於是不寫太長的句子
於是不用腳轉圈
把美
留在極旋的瞬間

後空翻

我們，終歸沒有翅膀
腳賴倚能只空天戰挑
錯位的羽毛太過於稀疏
覺錯的紀世一空滯了有
回歸嬰兒初生的寢姿
膝雙抱團
還不懂即將看到甚麼
眼雙閉緊
逆時針旋轉的齒輪
前之慎謹返重否能
不再因為禁止而靜止
險風的險冒懼畏再不
像正值青春的少年
翔飛持堅要也瞬一
即
使
我們終歸沒有翅膀

夾

在巨人的雙臂下乘涼
嗅到的
是令人窒息的汗腺
渴望新鮮的氧氣
就飛過他的雙膀
或是在他的翼展之外
另尋出路

我們都是候鳥
在不同的季風帶流感
沾染各色羽毛
倦了　就墜落
堆出下一隻幼雛的疆土
只是不願自己的那一抔
成分不明

可以的話，去參與吧
既使它不一定是友善的
反正你們也是如此

Battle

這是充滿野性的場合
混雜各種凶獸的叢林
老狼　猛虎　或者幼犬
敵我雙方各據一側
在牠們面前拉起封鎖線
保障最低限度的安全
中間一邊
坐著負責裁斷的Judges
可能是德高望重的老狼
或者是今天不餓的猛虎
其餘空白處
由旁觀者的歡呼填滿
DJ drops the beat
讓廝殺開始

這裡流行過一種裝扮
拉出你的口袋
證明沒有攜帶武器
除了跳舞一無所有
Skill is canine
Soul is claw
相互撕咬、恃強凌弱
請不要在這裡談論
溫柔這種蠢事
應該期待殘忍的牙痕
那是對你的尊敬
我們不嘲笑輸家
我們只輕視
沒長牙齒的　人

戰鬥吧
感受腎上腺素的存在
感受手掌的刺麻感
緊張與亢奮難以辨別
挑釁與謾罵此起彼落
讓鬥爭的原始慾望
此刻解放
出招吧
以你最正確的組合
以我最狂放的姿態
沒有武器的械鬥
不會觸碰的衝撞
看看誰的名字
得以倖存

直到Host喊出
「Give me love」
直到Judges的手
比向勝利的一方
我們褪去兇悍的毛皮
吞回獠牙　收攏利爪
帶著各自的結局
回歸人型
勝者王，變得貪婪
敗者寇，必然不甘
人們笑著、鬧著
有著共同的想法
下次一定
宰了你

Cypher

太陽的光
勾勒不出靈魂的形狀
這般藝術適合夜晚
由戴奧尼修斯主辦
音樂作酒
韻律為食
喧鬧的慶典從此開始
舞動的軀體必將迷醉
入夜的嘉年華
不必開太多燈
把人口　歸零
忘卻姓名
模糊你和我和他
一切自然和平

No judges　沒有質疑
甚至不需要語言邏輯
只要發出聲音
叫喊不成文的喝采
圍一個失去理智的圓
像某種祭儀
節拍將是僅存的秩序
卻　也不盡然遵循
留正中央給主祭
缺了就補上
任意識在混沌間狂喜
放肆起舞吧
直到音樂終止
直到阿波羅的馬車來臨

Showcase

表演是件荒謬的事
你精心的設計
依舊佈滿失誤的可能
你拚命地練習
只為降低
不會歸零的機率

表演的時間也很弔詭
基本上是不斷地壓縮
用至此一生的線香
燃只此一瞬的煙火
幾分鐘後你不存在
幾十年存在你腦海

表演時的臉都很模糊
紅花紅，綠葉綠
為完美的演出
把自己抹去
成為統一的機械
也許是最專業的態度

表演的結局總是使人傷感
你沉溺在掌聲
因喝采越陷越深
然而帷幕終將降下
不絕於耳的
只剩對過往的緬懷

Solo

當舞台不再擁擠
不再需要配合
不再允許依賴
一個人的獨舞

將一切霸道地佔有
觀眾、鎂光燈、舞台中央
讓所有動作隸屬你的名字
你是持有特權的貴族

雖然人是群居動物
也需要些時間孤獨
你也許不擅於社交
但要懂得表達自己
不借助文字、言語
由靈魂漫溢出肢體
閉嘴向他人展演
你從未沉默無言

練舞

認識一個BBOY有很多方式
從Battle與他的野性衝撞
從Cypher與他一同解放
從Showcase欣賞精緻的外貌
從Solo接觸深刻的靈魂
但都是部份的一知半解
真想瞭解他
你們得一起練舞
看他摔倒
因招式的誕生苦惱
聽他抱怨
為不斷的失敗碎念

那絕不會是美麗的事
到處都是難堪的失誤
那絕不會是悅耳的事
夾雜著髒話與慘叫
那絕不會是芳香的事
充滿鼻腔難忍的汗味
那絕不會是舒服的事
時常疲勞、瘀傷與痙攣
那是最客觀的主體紀錄
從不為了他人
比告解更私密
比日記更誠實

Crew

因為相似的夢境
我們組建起家庭
沒有親等　兄弟相稱
姓氏是舞蹈的風格
血緣是練舞的街區
從此相遇　不再孤單
我們只是一群
在某個街頭組團的
城市老鼠　鄉下老鼠

也許只是耐不住夜的寂寒
我們抱作一團
即使知道背叛
存在於金錢
與大腿內側之間
燒灼著該邊
至少在追逐的時間點

想和人聊天
想一起取暖

出了門
誰不是旅人
同行也只一段
方位誤差幾度內的路
隨時有人脫隊岔出
然而仍留有足跡
供回頭時想念
來時一人　去時一人
總會寂寞吧
無妨，我曾經一群過

Routine

為了飛向更高的天空
需要團隊合力發射
像配備精良的戰艦
有人扮演砲管
有人扮演砲彈
像合體的機器人
有人擔任司令主駕
有人成為螺絲組裝
這種多人共舞的團體技
我們將其稱之為Routine
為了提升Crew的氣勢
配合默契　各司其職
介於Battle與Showcase
類同表演的作戰方式
如果觀眾的暴動
是Breaking的例行公事
那麼Routine的橋段
是來自街頭的眾聲喧嘩

Underground 二則

〈一〉

Buried, get buried
Spirit lives under the land
Life originates under the sea
Don’t let your soul can be bought
The choice of art is to stay in the street

Out, come out
Money piled up on the land
Commercial ship sailing on the sea
Don’t let your name get lose in the wind
The choice of the business is to get out of the street

〈二〉

埋進去　探出來
地下是靈魂的居所
金錢向上堆積成山
藝術的選擇　商業的選擇

勳章

也許是見識淺薄
我從未見過完好無損的BBOY
或多或少有些疤痕
生理的　心理的
冬天冷風中的關節
旁人的冷眼
抑或是一場敗戰
有時很難分清哪個更痛
然而傷口不是藉口
奮戰還有充足理由
右手傷了剛好練左手
手不能用練習搖滾步
心破洞了拿夢想來補
音樂是嗎啡
舞步是繃帶
旋轉的時候
特別能麻痺止痛

等傷痛痊癒
還能呼吸的老兵
有權在回憶別上勳章

這首詩將會過期

這首詩將會過期
或著我希望如此
它將失去埋怨的理由
不再有特殊待遇使它保質

這世界有很多預言家
他們對現在不感興趣
他們知道選擇的結局
比如你會賺很少的錢
比如你會在幾歲跳不動
預言家是不吝於讚美的
當你放棄了
「這孩子終於會想了。」
當你成功了
「我看著這孩子努力。」
不論你現在的結局如何
總之與他的預言無關

記得嗎
他們對現在不感興趣

即使是為減少械鬥而誕生
紋身仍是幫派份子
文化也分等級
履歷上太過年輕的出生日期
興趣欄被填上遊戲
專長欄被擦去藝術
別跳了吧
也不是說不懂得欣賞街舞
只是沒必要為了一棵樹呵護幼苗
這座森林死了
提斧頭信步下一座森林
表演只是偶爾的事
舞台上有別人就好
你不要不務正業

這世界有許多革命家
他們不一定留下姓名
但一定留下屍體
在早晨埋入金字塔的西邊
過了中午，再移到東邊
革命家不擅於後悔
當他成功了
「我不後悔。」
當他失敗了
「我不後悔。」
一樣的話　不同的人
你能記得的一定不多
那是因為
他們不一定留下姓名

這首詩將會過期
實際我希望如此
它將失去相同經歷的讀者
不再有代言的需求

接下來的文字
也許已經不像詩
但卻是不可迴避的
眞實故事

小巨人

客觀來說
C絕對與身形高大無關
但回憶中關於C的畫面
總是以仰角拍攝的偉岸

C幾乎知道全部
我羞於提及的過去
包含所有可歸類到青春的錯誤
敗戰與遺書
失戀與宣言
都成為（我在場時）C的談資
我抬不起的頭顱
是他偉岸的原因之一

C曾送過我一頂紅色毛帽
我不是優秀的收藏家
早在多年前就磨損的不堪穿戴
也不知現今它流落在哪個回收場
但毛帽只戴紅色
已是我多年的信仰
我崇拜的目光
是他偉岸的原因之一

C：「你要練過才能說自己喜不喜歡。」
C：「逃避不是BBOY面對挫折的態度。」
C：「輸很正常
但你總要贏一次冠軍
好讓自己繼續喜歡跳舞。」
C：「你那狀況很正常啦
即使我已經跳到去世界比賽了
我的家人依舊問我：

『你要玩到甚麼時候?』。」
聽C口沫橫飛時
通常我坐著　通常C站著
不小心會吃到唾液的高低差
是他偉岸的原因之三

客觀來說
C確實與高大無關
但我從來未曾與他同高
C是偉岸的巨人

H

為了完成街舞詩集
我約了Ｈ一起練習
我收拾自己的餘燼蘸墨
而他仍是爆燃中的星火
我跟Ｈ就像字母Ｈ
兩條不同的線
在某個段相連
之後各自平行
偶爾回頭
依賴過往的岔路相約
Ｈ已是璀璨的舞者
我驚艷於他的難以想像
我終日與書籍為伍
他訝異於我的尚未忘卻
我們當夜各自的時態是
Ｈ的現在進行式
我的過去完成式

練習結束我們談論街舞
將Breaking形而上
我告訴H跳舞是文學
關於傾訴關於美
H告訴我跳舞是科學
關於身體關於力
H說：
「我知道路有盡頭
只是依舊試圖延長旅途
享受著幸運的倖存。」
最後我問H：
「你後悔嗎？」
我沒有說清楚題目
我想聽見他說：
「我不後悔跳舞。」
但H卻告訴我：
「我不後悔讀書。」

J的火車票

當年J告訴我
他要獨自北上跳舞
拋下老家、學業
一切與夢想關係淺薄的事
只帶上一張火車票與熱血
獨自啟程
J的前行是單向的
一如他沒有購買的回程票
青春的美好在於
所有衝動合情合理
此時誰的阻攔
都不夠浪漫

我一直關心著J的動態
他的故事有著壯麗的開頭
後續發展卻是普通且無聊
結局是成為意料中的屍體

幾年後，J告訴我
他要用相等的時間
把所有動作再練一遍
用身體寫一個句點
這次已與夢想無關
這次已與職業無關
頂多　也許
關於愛吧

言錯與Y的三幕劇

場次 1

時間 夜／人物 言錯、Y／地點 街頭

△言錯嘴中的菸在黑夜閃爍
言：「我想寫關於街舞的詩。」
△Y的臉平靜如無風的海洋
Y：「你説過很多次了。」
言：「真的要開始寫了
卻擔心起筆削得不夠尖。」
△Y微笑著
Y：「就寫吧
讓筆與擦布互角
再拖下去
遺忘將迎來勝利。」
言：「但我恐懼
還沒動筆就像個詩人
我恐懼著我的詩句。」

△Y的眉心蹙起丘陵
Y：「也許創作是你的原罪
我從未看過你因此開心
你將收穫痛苦
我將收穫埋怨。」
△言錯笑了起來
言：「我知道
回憶美好過去
從來都是殘忍的事
因為日期的緣故。」

場次 2
時間 夜／人物 言錯、Y／地點 街頭

△言錯將菸熄去
△菸頭在路上畫成暴躁的腳印
言：「那真不是件容易的事

有時候不知道是想說的話太多
還是無話可說
我在稀疏的墨液裡自溺
然後溺死。」
△Y看著言錯的手稿
Y：「單身的你
做任何事都像自慰。」
△Y讀著詩沒有說話
（Y的閱讀是沉默的
像爐火燻烤我的等待）
Y：「你應該是與暢銷絕緣
難以想像這些詩的讀者
也許因為我會過這招
勉強能喜歡上〈手轉〉
但其他人呢？」
言：「我不是第一次虧本創作
這與藝術的真理相關。」

△Y上揚右邊的嘴角
（我感覺此刻我在他的左邊）
Y：「你的真理是強詞奪理
就算是跳過舞的我
也不明白你想說甚麼。」
△言錯脹紅了臉
言：「我已經寫出了動作、文化與軼聞
我想向大家介紹這些
而你不該向我問答案
那是你的怠惰」
Y：「請說實話。」
△言錯閉上嘴不再說話
（我只是想證明街舞與詩的共存
至少那在我身上是真實發生的）

場次 3

時間 清晨／人物 言錯／地點 言錯家

△言錯放下筆　收攏手稿
△言錯拿起手機傳訊給Ｙ
言ＯＳ：「我想你是對的
我與暢銷無緣
我不該說謊
寫這本詩集只是為了可恥的
卑鄙的慾望
我渴求一個證明
一個我曾那樣活過的證明
我一直不是個浪漫的創作者
我不曾擁有非寫不可的事物
既使現在有了
也是自私的
與藝術無關的自我展示

你必須買下我的詩集
像發紅包給孩童
像對乞丐的施捨
因為你必須認罪
罪名是擁有一個惡劣的兄弟。」
△言錯笑著點起一根菸
（那天的煙霧
使我存在了一天）

比睿王

言錯向比睿王提問：
「王
我渴望以詩句紀錄您
但也許是我遺忘了
也許是我從未知曉
您究竟是甚麼存在？」
比睿王向他的臣民說：
「我存在於
人們形體停止進化之初
然而直到音樂響起
人們才在街頭的深處發現我
你們為我準備了不少祭儀
關於爭鬥的　關於表演的
人們試圖定義我
認為我的王座
存在於藝術　存在於運動
或某群暴力團伙

甚至建立起我的國度
使我變成文化的象徵
但我僅是獨立的存在
一如自由
這一本該不必爭取的基本權利
我的名字與破壞相關
不斷進行的破壞
但那並非我的旨意
我只要求你們突破極限
身體上的　心靈上的
當然也包括詩與舞的極限
所以放膽地寫吧
不知所謂的吟遊詩人
即使我們的對話
只是你的妄想
即使我的許可
只是你為滿足創作貪欲的謊言

反正你也只能寫下
你一個人的比睿王。」

親愛的L

親愛的L：

「最近還好嗎？」
多麼霸道的提問
我知道除了很好
妳不會有別的答案
我自私地希望如此
好讓自己得到救贖
我要向妳懺悔
關於我沒能給予妳
美好的愛情
關於我奢侈浪費妳
無盡的溫柔
舞蹈需要大量的練習
每當我祈求成就
獻祭的總是
本該與妳共度的時光

理由是它的價值
與我相信妳支持
妳的離開
是我的必然與應該
為我過往的自私服刑
為賒欠妳的愛情償還
因此妳「最近還好」
是我最後的奢求

P.S.
我想妳不會看到這封謝罪信
就不敬上署名敬上了

疤

自從
咚　塔　咚咚塔
成了內心獨白的口頭禪
習慣把八個腳印算作一步
腳下的路
便總從耳朵開始
逆行直立行走的進化圖
雕刻每寸肌肉，凝固
所有歧、鄙、注的視
置換為驚呼
竄改戶籍
到未曾去過的布魯克林
因為成為少數而成為貴族
光榮地加冕為街頭的老鼠

我的足跡是鮮紅的熱血
在舞台上
燒出點點火花
在考卷上
流成一個又一個叉叉
在臉頰上
印下刺辣辣的掌痕
然而我的燃燒
沒有煙花的燦爛
沒有星辰的時長
在極低空的夜裡
提早成為餘燼
在青春的編年史裡
稍有年份

旅程總有個終點
離開熟悉的路途
留幾張照片結痂
放棄的理由，我忘了
是因為愛上誰
還是現實愛上了我
在圈定的舞台自溺
我也曾經美麗
那就這樣吧
回頭前
截一段影片寄回家
母親吶
那是您的眼淚，我的
疤

逃兵

棄舞從文後
不再因叛逆使母親流淚
不再因職志使師長嗔怒
據他們所說
我成為更好的人
他們不明白
我只是個逃兵
畏懼與現實再次搏鬥
我只是個輸家
也許再不能奪回榮耀

棄舞從文後
我抽起香菸
尋找更深刻的呼吸
我開始創作
尋找更純粹的靈魂
但始終一無所獲
如果能患上戰後失憶症
那我會是幸福的吧
不再記得綺麗的光、煙、火
不再有敗逃的歷史

別名A

當我完成這本詩集
應該能將這個別名　A
正式出殯
從此出生日期
由你闔眼的瞬間起算

我依舊熱愛街舞
熱愛關於街頭的一切
但我討厭你　A
討厭你錯誤的過程
討厭你錯誤的結尾
你的叛逆沒有必要
母親流下的眼淚
是接不回的電話線
你的衝動沒有必要
關於Crew的現況
像碎一地的玻璃瓶

一直試圖埋葬別名　A
但你總在夢裡還魂
嘲弄我的筆名
也許我渴望你從未闔眼
也許我渴望我從未睜眼

我仍是個 BBOY

我仍是個BBOY
我記得搖滾步的走路方式
還能編排四個八拍的舞步
仍孰悉UP ROCK誠實的凶蠻
排腿對我來説
始終是最具詩意的舞蹈
偶爾缺乏詩意時練習
也許我已不屬於青春
但還能勉強將自己Freeze
在艾思的停滯間感受愛死
能辨別出各種定技的形狀
例如積架的豹形
我知道倒立關於顛倒
知道折腰與屈服無關
I know the air chair
Is about how to leave your seat
既使贅肉橫生

我還能繃緊肺腔成為彎刀
還會以W的跪姿挑釁他人
也許我還年輕
會為了Power move驚呼
依舊能轉動風車
依舊能甩起鞍馬
從未會過手轉與後空翻
至少懂得欣賞
至少知道有人對我夾動手臂
我應該生氣

我仍是個BBOY
會上網檢索Battle觀賞
像競技場的觀眾
為廝殺癲狂
偶爾參與Cypher
享受靈魂失序的狂喜
Showcase的美好我沒忘記
舞台的燈光是難戒的癮
尤其是Solo
鎂光燈　灑下
練舞是舞者的一生縮影
也許它不那麼好看
但至少誠實
我曾擁有一群家人
無血緣的Crew
也許有時效性
但愛從來只為曾經

我記得參與過的Routine
我是稱職驕傲的螺絲釘
通力合作
只為向更高處飛翔
關於Underground的選擇
很遺憾尚未得出答案
街舞的生涯就已早夭
遺憾淤成傷口
與寒冬中的膝蓋
同為我的勳章
我經歷過BBOY的文化
並深愛著它
希望有朝一日
不再與其他藝術有等次之差
屆時
這本詩集也會過期吧

我仍是個BBOY
回憶過往的故事
當年憧憬的小巨人
他現在依舊偉岸
關於H
他的光彩已與我平行
所幸仍有過往的岔路回頭
關於J
他的火車未能進站
但也尚未停駛
我曾向Y提起這本詩集
他只是聆聽　面無表情
Y清楚我尚未誠實
我卑鄙的慾念
試圖寫下詩集佐證
為此妄想了比睿王的恩准
雖然有罪責需要懺悔

對於親愛的L
對於曾經的疤
但我仍渴望一個證據
證明我那樣活過
即使我是個逃兵
即使我埋葬了別名
我仍是個BBOY

後記

言錯

創作之於我而言，是一種過於旺盛、難以抑制的私慾，它是一種剜心的行為，在鮮血淌成文字的過程中享受快感；它是一種弄巧成拙，渴望說些實話，卻因訴諸文字變成騙子。在創作《比睿王》這本詩集的過程中，我必須不斷克服創作私慾所帶來的兩個難題：「今天不是當年的痛」與「跳舞不必說話的罪」。

即使我是墜落的火箭，但我還能說說關於天空有星星的事。

正如〈言錯與Y的三幕劇〉中所記錄：「回憶美好過去／從來都是殘忍的事／因為日期的緣故。」《比睿王》中的每一首詩都會喚起我美好的過去，而我已不再是個舞者這件事則在回憶中不斷刺傷著我，誠然，今非昔比的疼痛存有某種快感，但敗逃的結局始終令我羞愧不堪，每當今天不是當年這件事劇痛難忍時，我唯一能麻痺自己的藉口是：「我必須寫下來，就算只是為了分享，那些曾經在我的天空中閃耀的星星。」

所有作家都是精湛的騙子，你們很清楚它當初不只長這樣。

把Breaking寫成詩句極大地觸犯了我的道德底線，跳舞本來就是不需要說太多的話，因為那是存在於文字之外的美，但矛盾的是，我又信仰著獨立於表現形式之外，詩與舞是存有著相似的、類似靈魂這般抽象的共通點，所以我竭盡所能地嘗試去書寫Breaking，卻無時無刻感覺到自己正在欺瞞，因為Breaking絕對不是這樣黑白的線條，確實，我還是寫了，當了一回騙子，但《比睿王》還是有誠實的事，我能擔保詩集中每個動作我都摔過；我能擔保詩集中每個文化我都參與過；我能擔保每個軼聞都是真實經歷，好吧，〈比睿王〉那首是編的，我道歉。

如果要辨別我言語中的正確，那姑且就當我說的都是錯的吧。

總而言之，我還是寫完了。即使是現在，《比睿王》對我而言依舊是荒謬、矛盾但卻又真實的一次結合，正如為我寫序的兩位恩師：孟樊與查克，他們共同出現在任何的場合都顯得弔詭，可在我的人生中就這麼真實的發生了，一位影響了我的詩、我的文學；一位影響了我的舞、我的青春，無論詩抑或是舞，都是我充滿感激且驕傲的經歷。感謝我的家人支持我完成這本詩集，《比睿王》就像是我一路走來的諸多選擇，我很難去辨別它的對錯與合理性，也許我能找到無數的藉口佐證自己，但總是顯得強詞奪理。這樣好了，如果要辨別我言語中的正確，那姑且就當我說的都是錯的吧！「讀這本詩集就是在聽言錯說錯話。」

嗯，這樣簡單一點。

國家圖書館出版品預行編目

比睿王 / 言錯作. -- 桃園市：譚謀遠, 2020.04
面； 公分
ISBN 978-957-43-7585-1(平裝)

863.51 109004468

比睿王

作　　者／言錯
封面設計／蔡羽韶、譚謀遠
照片攝影／藍皓民
圖片設計／蔡雅筑、吳鎮宇
出　　版／譚謀遠
製作銷售／秀威資訊科技股份有限公司
114 台北市內湖區瑞光路76巷69號2樓
電話：+886-2-2796-3638
傳真：+886-2-2796-1377
網路訂購／秀威書店：https://store.showwe.tw
博客來網路書店：http://www.books.com.tw
三民網路書店：http://www.m.sanmin.com.tw
金石堂網路書店：http://www.kingstone.com.tw
讀冊生活：http://www.taaze.tw

出版日期／2020年4月
定　　價／320元